Leberecht Uhlich

Gedichte von Uhlich in Magdeburg

Leberecht Uhlich

Gedichte von Uhlich in Magdeburg

ISBN/EAN: 9783743369443

Hergestellt in Europa, USA, Kanada, Australien, Japan

Cover: Foto ©Andreas Hilbeck / pixelio.de

Manufactured and distributed by brebook publishing software (www.brebook.com)

Leberecht Uhlich

Gedichte von Uhlich in Magdeburg

Gedichte

von

Uhlich
in Magdeburg.

Gera,
Verlag von Paul Strebel.
1872.

Den Lesern.

Ich reise viel, und da bin ich so glücklich, daß mich auch die längste Eisenbahnfahrt weder geistig noch körperlich abspannt; solche Fahrt aber gewährt viel Muße, und die hab' ich mitunter benutzt, um meine Gedanken dichterisch zu ordnen und in meine Schreibtafel zu verzeichnen. Das Sonntagsblatt, das ich seit 1849 wöchentlich herausgebe, gab mir dann Gelegenheit, sie zu veröffentlichen; aus demselben ist ein Theil dieser Dichtungen in die Liederbücher freier Gemeinden, z. B. der Magdeburgischen, übergegangen. Sie sind also meistens schon gedruckt. — Die Kinder, die ich in der Religion des freien Gedankens unterrichte, übergeben mir wohl beim Abschiede ihr Stammbuch; da hab' ich zuweilen auch, was ich ihnen ans Herz legen wollte, in dichterischer Form ein=

geschrieben. — Jetzt hat sich ein Freund (Herr Strebel in Gera) gefunden, dem es thunlich scheint, dies Alles in einer besonderen Sammlung herauszugeben; ich überlasse es ihm mit Vergnügen zu diesem Zwecke, mit dem Wunsche, daß er sich buchhändlerisch nicht verrechnet haben möge.

Magdeburg im Spätherbst 1871.

L. Uhlich.

Inhalt.

	Seite
Aus 1860 für 1861	1
Morgenlied	4
Abendlied	7
Vaterland	9
1868	12
Krieg	14
Menschenleben	17
Schöne Welt	19
Vordem und immer	21
Entwicklung der Menschheit	24
Gebet	26
Muth!	28
Murre nicht!	30
Fassung	32
Wohlauf!	35
Das Beste	37
Nein!	39
Verneinung	41
Friede	43
Seelenruhe	45
Gemeinschaft	47
Menschenfamilie	50
Liebe	53
Liebe	56
Erbauung	58
Gemeinsame Erbauung	60

(Anm. Die Lieder von Seite 17 bis 50 haben Aufnahme in das Gesangbuch der Magdeburger freien Gemeinde gefunden.

	Seite
Lebensgang	62
Auf der Reise	63
Daheim!	66
Glaubenseifer	69
Ungelesen verbrennen!	72
An süddeutsche Frauen	75
Biegen oder Brechen!	78
Lebewohl an H. Sachse	81
Weihnachtsgesang für Kinder	83
Grabschrift	84
Einem Knaben	85
„Was willst du werben in der Welt?"	86
Dem jungen Seemann	87
Dem Sohn einer Wittwe	89
„Klarer Verstand — o edles Licht!"	90
„Was wünscht das muntre Knabenherz?"	91
„Wenn einst in spätern Jahren"	92
„Denke, das macht dich zum Menschen"	93
„O schöne Kinderzeit"	94
„Sieh' am Baum die Blüthen dort"	96
Einem Mädchen	97
„Trittst nun in die Welt hinein"	98
„Dein Auge blickt in die Zukunft hinein"	99
„Willst du heiter in das Leben schauen"	100
„Segen, wo willst du ihn finden"	101
„Die arme Rose, sie kann's nicht wehren"	102
„Sanft, wie der Bach durch Blumen rinnt"	103
„Wahre treu, du liebe Seele"	104

Aus 1860 für 1861.

Mit sicherem Gange schreitet
Der Weltgeist durch das Land;
Sein leises Wandeln gleitet
Den Meisten unbekannt.
Er ist des Lichtes Bringer,
Des Friedens in dem Streit,
Des Unrechts starker Zwinger
Und spendet Seligkeit.

Auf hohen Thronen prangen
Die Mächt'gen stolz und breit;
An ihren Lippen hangen
Die Schranzen dienstbereit;
Die Geldgier zählt und zielet,
Der Ehrgeiz wühlt und drängt,
Der Leichtsinn lacht und spielet,
Der Stumpfsinn gar nichts denkt.

Und Alle, Groß' und Kleine,
Bau'n ihrer Gier ein Haus,
Schmücken's mit buntem Scheine,
Gehn sicher ein und aus.
Das soll wohl ewig stehen —
Was Recht! was Menschenpflicht! —
Und schlimm soll's dem ergehen,
Der ihren Bau zerbricht.

Da, wie der Sonne Blitzen
Den Winter leicht bezwingt,
Und wie aus alten Ritzen
Der Lenz die Sprossen bringt,
So nah'n des Weltgeist's Schritte,
Und Schrecken sie umfacht;
Er steht in ihrer Mitte,
An den sie nie gedacht.

Vor seinem Blick erbleichet
Des Dünkels Prangen bald;
Vor seinem Odem weichet
Des Stolzes Scheingewalt;

Und alte Säulen brechen
Vor seines Trittes Macht,
Und bleiche Lippen sprechen:
Das hätt' ich nie gedacht!

Denkt's oder nicht! Es schreitet
Der Weltgeist seinen Gang;
Unwiderstehlich gleitet
Sein Schritt die Welt entlang.
Heil, der in allen Dingen
Sein Leben ihm geweiht!
Was auch die Jahre bringen,
Er ist voll Freudigkeit.

Morgenlied.

Hervor aus Bett und Zelle!
Empor aus träger Ruh!
Schon strömt die Morgenhelle
Euch neues Leben zu.
Die Sonne steht am Himmel,
Der Lerche Ruf erschallt,
Und fröhliches Getümmel
Füllt Luft und Feld und Wald.

Nun fort mit wüsten Träumen!
Die Augen aufgethan,
Und ohne langes Säumen
Zum frischen Werk heran!
Noch hüpft des Blutes Welle,
Noch strammt des Armes Kraft,
Auf! daß an seiner Stelle
Der Mensch was Rechtes schafft.

Willkommen, Kameraden!
Wir gehen gleichen Gang,
Und wie die Füße schreiten,
So hallet unser Sang;
Und liegen Stein' im Wege,
Wir kommen schon vorbei,
Und faßt uns Dorn und Ranke,
Wir reißen sie entzwei.

O Leben, schönes Leben,
Noch hab' ich Theil an dir!
O Sonne, schöne Sonne,
Noch schickst du Strahlen mir!
O Vögel, liebe Vögel,
Noch singt ihr mir ein Lied,
Und manche liebe Blume
An meinem Wege blüht.

Drum fort mit alten Grillen
Und neuen Narrethei'n!
Gut ist die alte Erde
Und werth sich drauf zu freun;

Und wenn wir wacker schaffen,
Was nun ein Jeder thu,
Dann schließt uns mild der Abend
Die müden Augen zu.

Abendlied.

Wieder hingeflogen
Eines Tages Zeit,
An des Himmels Bogen
Steht die Nacht bereit.

Wiederum vollendet
Eines Tages Pflicht,
Und zur Ruhe wendet
Sich das Angesicht.

Seid gegrüßt, ihr Lieben,
In des Abends Schein;
Seid mir treu geblieben,
Stehe nicht allein.

Schließt zu trautem Kreise
Euch mit heit'rem Wort;
So in leichtem Gleise
Rückt der Abend fort.

Holder Friede senke
Dich auf uns herab;
Heil'ge Liebe, lenke
Uns mit mildem Stab.

Hülle dann die Glieder,
Nacht in deine Ruh,
Bis uns freundlich wieder
Lacht der Morgen zu.

Vaterland.

Alles schweige, Jeder neige
Ernsten Tönen nun sein Ohr.
Hört, ich sing' das Lied der Lieder;
Hört es, meine deutschen Brüder,
Hall' es wieder, froher Chor.

Deutsche Erde, ewig werde
Liebe dir und Lob gebracht!
Deine Berge, deine Auen
Sind so lieblich anzuschauen,
Daß uns Herz und Auge lacht.

Hohe Ahnen, auf den Bahnen
Aller Ehren stets voran!
Unter Euren kräft'gen Streichen
Mußten schon die Römer weichen,
Fallen auf dem blut'gen Plan.

Edle Bilder starker, milder,
Deutscher Menschenherrlichkeit!
Kaiser groß und Meister tüchtig,
Sänger süß und Frauen züchtig
Leuchten her aus alter Zeit.

Als der Priester stolz und düster
Allen Geist in Fesseln schlug,
Deutsches Herz, das fühlt die Schande,
Deutscher Geist zerbricht die Bande,
Deutschland trotzt der Pfaffen Fluch.

Wo die Hände sich behende
Bei Gewerk und Kunst bemühn —
Deutscher Sinn hat's aufgefunden,
Deutscher Fleiß hat's überwunden,
Das, was unbesieglich schien.

Hört Ihr's klingen? Solch ein Singen
Quillet nur aus deutscher Brust.
Freier Geist und warme Triebe,
Echte Freundschaft, treue Liebe,
Das ist deutscher Herzen Lust.

Liebe Heimath, traute Wohnstatt
Dessen, was uns theuer ist,
Kräftig strahle dir die Sonne,
Daß zu neuer, schöner Wonne
Sich dein reicher Schooß erschließt.

1868.

Eintausend Jahre flossen
Ins Meer der Ewigkeit.
Am Quell ein hoher Meister,
Dann immer schwächre Geister,
Und endlich finstre, grause Zeit.

Achthundert Jahre folgten;
Der Strom hat sich geklärt;
Aus manchem bösen Wetter
Erstand auch mancher Retter,
Der klare, helle Fluth gewährt.

Die Sechzig, die dann kamen,
Haben den Strom getheilt.
Dort alte trübe Wellen,
Und hier ein frisches Schwellen,
Zu dem, wer dürstet, freudig eilt.

Die letzten Acht, welch Drängen
Und Fluthen hier und dort!
Geduld! im Strome ringet
Der ew'ge Geist, und bringet
Die Fluth zuletzt zum rechten Ort.

Krieg.

Ich höre Männertritte hallen
In gleichem Takt die Straß' entlang;
Ich höre kräft'ge Weisen schallen
Im Trommelschlag und Hörnerklang.
Sie gehn hinaus, des Landes Söhne;
Heut ist's noch friedlich Waffenspiel,
Doch bald erklingen wildre Töne,
Dann ist des Feindes Brust ihr Ziel.

Des Feindes Brust — wer darf es wagen,
Als Feind den Bruder anzusehn?
Wer darf die schwere Schuld ertragen,
Mit Mordgedanken umzugehn? —
Das Menschenleben zu erhalten,
Zu pflegen frohes Selbstgefühl,
Das Dasein edler zu gestalten,
Das ist der Menschheit schönes Ziel.

Und dieses Ziel, das Alle ahnen,
Es zieht die Herzen mächtig an,
Und auf gar mannichfachen Bahnen
Versucht die Menschheit ihm zu nah'n.
Da mag der Eifer wettend ringen,
Wer es am vollesten erreicht!
Da ist das eigne Herz zu zwingen,
Daß es kein Recht des Bruders beugt!

Die Kugel sei aufs Wild gerichtet!
Das Pulver spreng' im Fels den Steg!
Vom Eisen sei der Wald gelichtet!
Das Feuer trag' uns unsern Weg!
Der Muth errette Menschenleben!
Der Tapfre soll die Welt befrei'n!
Wo Herrschsucht will das Haupt erheben,
Da soll sie stets bekämpfet sein:

Wohlan, du wunderbare Stärke,
Gesenket in der Menschen Brust,
Vereint zu schönem Segenswerke
Sei menschlich Ringen deine Lust!

Gesäumet ist schon lange Zeiten,
Vergeudet schon viel edle Kraft.
Vereint laßt endlich uns bereiten,
Was allen Menschen Segen schafft!

Menschenleben.

Wie schön ist's doch ein Mensch zu sein!
Wie kann man sich des Lebens freu'n,
Wenn rings umher das Schöne thront
Und wenn im Herzen Friede wohnt!

Der Himmel schenkt den hellen Tag,
Die Luft durchtönt der Lerchen Schlag,
Es grünt der Wald, es prangt das Feld,
Und Alles ist so wohl bestellt.

Und nimmer wird die Erde matt,
Macht alle ihre Kinder satt,
Durchhaucht uns mit des Lebens Gluth,
Und reicht zum Schaffen Kraft und Muth.

O Lust des Schaffens früh und spat!
O Lust der wohlvollbrachten That!
O süße Lust verdienter Ruh,
Bis fällt das müde Auge zu!

O süßre Lust der Redlichkeit,
Die sich dem heil'gen Rechte weiht,
Der Liebe, die das Herz belebt
Und nach dem Wohl der Menschen strebt!

Darum, ihr Grillen, fort von mir!
Mein Herz steht, Freude, offen dir.
Wie kann man sich des Lebens freu'n!
Wie schön ist's doch, ein Mensch zu sein!

Schöne Welt.

Herrliche Welt, o wie freu ich mich deiner
 Gestalten,
Die sich dem schauenden Auge so üppig ent=
 falten!
 Hier Berg und Thal,
 Dorten Gewächs ohne Zahl,
Allwärts lebendiges Walten.

Herrliche Welt, wie ergötzen mein Ohr deine
 Klänge,
Tages= der Lerche und Abends der Nachtigall
 Sänge,
 Unten der Bach,
 Oben der hallende Schlag
Aus dunkler Wolken Gedränge!

Herrliche Welt, o wie freu ich mich deiner Genüsse,
Die mir der Garten, das Feld giebt, der Wald und die Flüsse:
Tägliches Brod,
Liebliche Früchte so roth,
Köstlicher Trauben Ergüsse!

Herrliche Welt, o wie trägst du den Geist in die Weiten,
Wo sich die Heere der Sterne erhaben verbreiten,
Wo ew'ges Licht
Maßlose Räume durchbricht,
Sonnen das Weltall durchgleiten!

Herrliche Welt, zehnfach schön, wenn die strebenden Seelen
Wahrheit und Schönheit und Güte zum Ziele erwählen,
Wenn im Gemüth
Lieblich ein Himmelreich blüht!
Seligkeit kann da nicht fehlen.

Vordem und immer.

Erhaben reckt der Berg sein Haupt,
Und stattlich ist es rings umlaubt
Von seiner Wälder Schatten.
Weit streckt sich Flur und Au dahin;
In farbenreichem Wechsel ziehn
Hindurch sich Feld und Matten.
   Glänzend, rauschend,
Rollt dazwischen in Gebüschen seine Wellen
Dort der Fluß, die meerwärts schwellen.

Dies Wechselbild von Berg und Thal,
Dein Auge schaut es überall,
So weit die Füße schreiten.
Dann stehst du an des Meeres Bord,
Und staunend schweift dein Auge fort
In ungemeßne Weiten.

Prächtig, mächtig,
Alldurchdringend, allbezwingend, innerst Leben,
Zeigt sich da der Urkraft Weben.

Wie aber einst, als mächt'ge Kraft
Die Berge hat emporgerafft
Aus dunkler Erde Mitten?
Wie damals, als des Feuers Glut
Und tief empörter Meere Flut
Noch um die Herrschaft stritten?
  Furchtbar Ringen!
Bis nach langen, harten, bangen Gährungs=
     zeiten
Berg und Thal sich friedlich breiten.

Und wie! als in der frühsten Zeit
Noch keine Sonne war bereit,
Als noch kein Stern geglänzet?
Als roher Stoffe wirrer Graus
Die ew'gen Räume füllte aus,
Nicht in Gestalt begrenzet?
  Eins nur weiß ich:
Aller Zeiten aller Orten alles Weben
Ist ein einig göttlich Leben

Es ist noch heut dieselbe Kraft,
Die allenthalben Leben schafft,
Durch alle Räume waltet;
Und heut noch ists derselbe Geist,
Der mir die rechten Wege weist,
Mir mein Gesetz gestaltet.
   Gieb, o Seele,
Dich dem Einen zu vereinen, daß sein Weben
Schaffe dir dein rechtes Leben.

Entwicklung der Menschheit.

Aus der Zeiten Tiefe schreitet
Und durch der Jahre Folge gleitet
Die Menschheit ihre große Bahn.
Schwach zuerst an Geist und Sinnen,
Lernt sie allmälig sich besinnen,
Und bringt zu hohem Ziel hinan.
Der Wahrheit scharfes Licht
Des Irrthums Nacht durchbricht;
Mildre Sitte der Zeit entblüht,
Und das Gemüth,
Es wird vom heil'gen Recht durchglüht.

Ew'ge Macht, die Welten träget,
Die sich in allem Leben reget,
In Wald und Flur sich offenbart.

Ew'ge Macht, dein volles Walten
Will in der Menschheit sich entfalten
In seiner tiefsten heil'gen Art.
Da ist des Forschens Drang,
Da des Gewissens Zwang,
Der Freiheit Würde, der Liebe Lust,
Die reine Brust,
Die sich der Seligkeit bewußt.

Auf denn, unsrer Zeit Genossen,
Zu denen reich herabgeflossen
Der alten Weisheit volle Fluth!
Ihr auch sollt die Wellen mehren,
Den Strom vertiefen, läutern, klären
Mit frischem, fleiß'gen, treuen Muth.
Auch unser Tag entflieht,
Und spätre Zukunft sieht
Einst auf heute. Auf! daß alsdann
Sie sagen kann:
Wir hätten uns're Pflicht gethan!

Gebet.

Du heil'ge Macht, die allezeit
Den bösen Feind bezwungen,
Wenn er den freien Geist bedräut,
Das Volk in Schlaf gesungen;
Erweis' auch heute deine Kraft,
Die wackerm Streben Raum verschafft,
Daß mancher Sieg gelungen.

Die Völker heben rings das Haupt;
Sie wollen nicht mehr schlafen.
Die Menschheit nicht mehr feige glaubt,
Bestimmt zu sein zu Sklaven.
Doch überall Gewalt und List
Mit zähem Ernst beflissen ist,
Solch menschlich Thun zu strafen.

Wohlan denn, Menschen! nicht empor,
Und nicht zurück geschauet!
Im Innern dringt die Kraft hervor,
Die euch das Heil erbauet;
Da ist die heil'ge Gotteskraft,
Die aller Orten Siege schafft,
Vor der dem Argen grauet.

Der Geist, der selber denkt und strebt,
Das Wahre zu erkennen;
Das Herz, in dem ein Feuer lebt,
Für's heil'ge Recht zu brennen;
Die That, die sich der Menschheit giebt,
Im Wohl der Brüder eignes liebt,
Ist Gottes Kraft zu nennen.

Muth!

Armes Herz, kannst immer noch
Nicht bewält'gen deine Sorgen?
Trüber Geist, mußt immer noch
Bangen vor dem andern Morgen?
Ist zu leben denn so schwer?
Drückt das Uebel denn so sehr?

Sieh, so lange lernst du schon
In der Schule deines Lebens.
Jahr auf Jahr ist hingeflohn
Zur Bericht'gung deines Strebens.
Lerne endlich klarer schaun!
Lerne auf dich selbst vertraun!

Aus dem ew'gen Geist der Welt
Ist in dich ein Strahl geflossen.
Was die Welt zusammenhält,
Hat in dich auch Kraft ergossen.

Bau' dir nun in eigner Brust
Deine Welt voll Licht und Lust.

O, da innen ist ein Feld,
Drauf zu ackern reichlich lohnet!
Ist's da innen wohl bestellt,
Wenn da erst der Friede wohnet,
Dann ist auch das Glück erreicht,
Dem ein jedes andre weicht.

Dann greif in die Welt hinein,
Schaffe, wirke, baue, kämpfe!
Ob dir lacht der Sonne Schein,
Ob den Strahl ein Wetter dämpfe —
Recht thun kannst du immerdar,
Dann bleibt's auch im Geiste klar.

Menschengeist, so eng umschränkt,
Kannst zu freier Höh' dich schwingen.
Menschenherz, so leicht bedrängt,
Kannst den schlimmsten Feind bezwingen.
Lerne deine Kraft verstehn,
Dann wirst du Erfolge sehn!

Murre nicht!

Du kleiner Mensch, den großen Gang
Der Dinge willst du schelten,
Der ewig im Zusammenhang
Verbindet alle Welten?
Wo Sand und Meer und Sternenheer
In wunderbaren Zügen
Das All zusammenfügen?

Der Welt erhabner Wunderbau,
Er beut dir deine Stelle.
Die Ordnung, die da liegt zur Schau,
Ist deines Lebens Quelle.
Des Athems Zug, des Geistes Flug,
Er kommt allein geronnen
Aus diesem ew'gen Bronnen.

So nimm denn auch die Stunde hin,
Die dir nicht will gefallen;

Zuletzt ist Jedem das Gewinn,
Was dient dem All und Allen.
Mit kühlem Blut und gutem Muth
Wirst du es überwinden
Und Segen darin finden.

Und denkst du nicht der kleinen Welt
In deines Busens Schranken?
Da sei das Herz dir wohlbestellt!
Da ordne die Gedanken!
Fort Zorn und Neid! fort Gier und Streit!
Das sind die bösen Plagen,
Die Niemand soll ertragen.

Ein reines Herz, ein klarer Blick,
Ein wohlverwendet Leben,
In Sorge, Noth und Mißgeschick
Ein redlich Thun und Streben,
Das baut das Haus! Das dauert aus!
Was uns auch sei beschieden,
Das giebt der Seele Frieden.

Fassung.

Was plagst du dich mit deinen Sorgen,
Du armes schwaches Menschenherz?
Was bangst du vor dem andern Morgen,
Und zehrest an dem heut'gen Schmerz?
Du schlägst nun schon so lange Zeit,
Und bist noch nicht von Angst befreit?

Schau hin auf die vergang'nen Tage;
Sie sind mit ihrer Noth entflohn.
Gedenke mancher schweren Plage;
Sie ist verstummt mit ihrem Droh'n.
Stets kam auf Regen Sonnenschein,
Und künftig wird's nicht anders sein!

Schau auf! Siehst du die Wolken schweben?
Fühlst du des Windes kühles Wehn?
Umwimmelt überall dich Leben?
Prangt Blum' und Stern noch immer schön?
Die ew'ge Kraft, die Alles trägt,
Auch dich in Mutterarmen hegt.

Schau ein! In deines Busens Gründen,
Da springt ein Quell, der nie versiegt,
Da kannst du neue Kräfte finden,
Wenn altes Ringen unterliegt;
Da ist noch mancher Schatz bereit,
Daß du ihn hebst zu rechter Zeit.

Schau vor! Was sind die künft'gen Tage?
Zum Guten die Gelegenheit.
Was ist ihr Glück und ihre Plage?
Zu Pflicht und Recht die Uebungszeit.
Sind so sie treulich angewandt,
So wird ihr Segen leicht erkannt.

Und nun gieb Abschied deinen Sorgen,
Du wohlbestelltes Menschenherz;

Erwarte still den andern Morgen,
Und heut verwinde deinen Schmerz.
Erfülle treulich deine Pflicht,
Das Andre ist dein Sorgen nicht.

Wohlauf!

Wohlauf! noch strahlet mir die Sonne;
Noch nährt die Mutter Erde ihren Sohn;
Noch fühlt mein Herz des Daseins Wonne;
Noch giebt die Arbeit wackrem Fleiße Lohn:
Des Denkens Kraft, noch bringt sie for=
 schend ein;
Des Willens Kraft, noch kann sie thätig sein.

Wohlauf! so will ich um mich schauen,
Wo es was Tüchtiges zu schaffen giebt,
Will an dem schönen Reiche bauen,
Wo man den Menschen als den Bruder liebt.
Der Brüder Wohlsein mehren sei mir Lust,
Und giebt es Kampf, so zage nicht die Brust!

Wohlauf! was außen ist zu schaffen,
Das ist auch innen ernster Mühe werth.
Auch da sind Garben einzuraffen,
Auch da ist mancher heiße Kampf bescheert,
Daß das Gemüth von Unrecht werde frei,
Daß rein das Herz, die Seele heiter sei!

Wohlauf! noch viel ist zu besorgen,
Und heut zum Wirken ist der rechte Tag,
Und folgt nach ihm ein weitrer Morgen,
Ich bin bereit, was er auch fordern mag.
Jetzt leb' ich, heut sei meine Pflicht gethan!
Es kommt die Nacht, da Niemand wirken kann.

Das Beste.

Preist immerhin des Reichthums Glück,
 Die Lust, die er ertheilet!
Wohl schön, wenn der vergnügte Blick
 Auf reichem Vorrath weilet.
Doch schöner ist ein reiches Herz.
 Es weiht die Freude, bannt den Schmerz,
 Hält aus in allem Wechsel.

Preist immerhin der Ehre Kranz,
 Des hohen Standes Walten.
Wohl angenehm, in Macht und Glanz
 Nach Herzenslust zu schalten.
Doch höher steht ein edler Sinn,
 Den nicht Gefahr und nicht Gewinn
 Vermag hinabzuziehen.

Preist immerhin die Wissenschaft,
　Der klugen Worte Fülle.
Wohl recht, wenn scharf des Geistes Kraft
　Durchdringt des Irrthums Hülle.
Doch weiser ist der klare Geist,
　Der mir den Weg zum Ziele weist,
　　Zum Ziel des reinen Lebens.

Ein klarer Geist, den keine Kunst
　Auf diesem Weg mag irren;
Ein edler Sinn, den keine Gunst
　Der Mächt'gen mag verwirren;
Ein reines Herz voll Lieb' und Treu,
　Voll stillen Friedens, diese Drei,
　　Sie sind der Güter höchste.

Nein!

Du dunkle Macht in meiner Brust,
Die mich noch stets betrogen,
Mir stets verheißen lauter Lust,
Und mich noch stets belogen,
Treibst immer noch dein arges Spiel,
Verrückst noch immer mir das Ziel,
Das längst mich angezogen!

Nein! länger bleib ich nicht dein Sclav'!
Bin's schon zu lang gewesen!
Zum Wachen, nicht zu dumpfem Schlaf,
Steh ich im Reih'n der Wesen,
Und Alles um mich wirkt und strebt,
Und Alles ist von dem belebt,
Wozu es ward erlesen.

Ich bin ein Mensch, der denken kann
Und klar das Rechte schauen.
Zum Guten strebt der Geist hinan,
Vor Schlechtem fühlt er Grauen.
Das ist das wahre Menschenthum,
Das ist der allbewährte Ruhm,
Das heißt: sein Heil erbauen.

Und noch klopft meiner Pulse Schlag,
Noch taugt die Kraft der Glieder,
Noch leuchtet mir der Erdentag,
Noch stärkt die Nacht mich wieder,
Noch geht mir Arbeit von der Hand,
Noch trägt mein Schritt mich durch das Land,
Noch hat mein Athem Lieder.

So sei denn meine Kraft gespannt,
Das Rechte zu vollbringen,
Und meine Klugheit angewandt,
Das Schlechte zu bezwingen!
Auch kurzer Schritt, auch kleiner Sieg
Gewinnt am Ende doch den Krieg.
So soll mir's wohl gelingen!

Verneinung.

Nein, ich geh' nicht eure Wege!
Geht sie immer ohne mich!
Ist auch blumig manch Gehege,
Hat's doch Sümpfe unter sich.
Mancher Arme schon versank,
Dem erst süßer Ruf erklang.

Lockt mit euren Lieblichkeiten;
Mein Gehör ist taub dafür.
Drohet mir mit Fährlichkeiten;
Drohend Wort prallt ab von mir.
Spottet mein mit witz'gem Wort;
Leicht weht mir der Wind das fort.

Ach wie schön, mit reinem Herzen
Schauen in die Welt hinein!
Ach wie froh ein harmlos Scherzen,
Dran sich Unschuld mag erfreu'n!
Ach, wie reich die treue Brust,
Die sich keiner Schuld bewußt!

Bin ich auch nicht ohne Fehle,
Schwankt zuweilen noch mein Fuß —
Fest steht eins in meiner Seele:
Daß ich wacker bleiben muß.
Klarer Geist und treuer Sinn
Dringt zum schönen Ziele hin.

Friede.

Auf festem Ufer steh' ich,
Und auf die Wellen seh' ich
 Zu tiefer Seelenruh;
Dem Schäumen und dem Blinken,
Dem Steigen und dem Sinken
 Schau' ich mit stillem Auge zu.

So fließen meine Tage
Mit ihrer Lust und Plage
 In gleichem Strom dahin.
Bei ihrer Wellen Spülen,
Bei ihrer Fluthen Wühlen
 Bewahr ich mir gelass'nen Sinn.

Ringsum ein wüst Gedränge,
In dem der Menschen Menge
  Nach eitlen Zielen jagt.
Ich kenn' ein besser Sinnen:
Daß im Gemüthe drinnen
  Des Friedens schöner Morgen tagt.

Des eignen Blutes Wellen,
Sie steigen und sie schwellen,
  Erregt von Leidenschaft;
Ich aber bin beflissen,
Das Oel darauf zu gießen,
  Das solchem Wogen Ruhe schafft.

O süße Ruh' der Seelen!
Mag mir auch manches fehlen,
  Wie machst du mich so reich!
Im Innern klar und fröhlich,
Im Herzen frei und selig,
  Das ist das rechte Himmelreich.

Seelenruhe.

Ich schau der Wolken Schweben,
Der Vögel muntres Leben,
Der Aehrenfelder Weh'n;
Ich seh' die Berge blauen,
Ich seh' den Schmelz der Auen,
Und alles ist so wunderschön.

Und innen im Gemüthe,
Da prangt mir manche Blüthe
Aus der Vergangenheit:
Was Gutes ich empfunden,
Und Schlimmes überwunden,
Mir in Erinnerung sich erneut.

Und um mich rings die Menge,
Ein wimmelndes Gedränge
Von Menschen ohne Zahl.
Sie streiten und sie werben,
Sie siegen, sie verderben,
Und schaffen sich so manche Qual.

Ihr armen Menschenherzen,
Macht euch so viele Schmerzen,
Die gar nicht nöthig sind!
Könntet so heiter leben,
Nach besseren Zielen streben,
Die Jedermann erreichbar sind!

Mich sollt ihr d'rum nicht irren;
Durch alle eure Wirren
Geh ruhig ich dahin.
Im Innern meinen Frieden,
Und Schönes rings hienieden,
Trag' ich mein Glück in frohem Sinn.

Gemeinschaft.

Mächt'ger Bund vereinter Hände,
Großes schaffst du überall;
Brichst durch feste Felsenwände,
Ueberbrückst das tiefe Thal,
Weisest Strömen ihren Lauf,
Gräbst den Schooß des Bodens auf,
Wandelst die Gestalt der Erde,
Daß den Menschen wohler werde.

Auf, o Zeit des regen Strebens,
Schärfe deinen muntern Blick!
Nicht Genuß des Sinnenlebens
Schafft dir jemals volles Glück.
Spürst im eigenen Gefühl
Du nicht selbst ein höh'res Ziel?
Kehre deine Kraft nach innen;
Da ist Großes zu gewinnen.

Alte böse Feinde wehren,
Sinnen Unheil früh und spat;
Um die Völker zu bethören,
Pflegen sie den schlimmen Rath.
Und die Rohheit waltet noch,
Und die Dummheit trägt ihr Joch,
Hindert auf der schönen Erde,
Daß das Leben menschlich werde.

Tretet, Menschen, drum zusammen,
Und vereinigt eure Kraft,
Daß in edlen Eifers Flammen
Euer Bund das Rechte schafft;
Daß der Wahrheit' helles Licht
Alten Wahn und Trug durchbricht,
Daß zu Kampf und gutem Werke
Einer sich am Andern stärke.

Flüchtig ist des Menschen Leben,
Bald verzehret sich die Kraft.
Nur ein geistig edles Streben
Ihm ein ewig Wirken schafft.

Noch so Vieles ist zu thun;
Einst, im Grabe, ist zu ruhn!
Heut, da noch nicht ist das Ende,
Reicht zum Wirken euch die Hände.

Menschenfamilie.

Wie wär' so arm mein Leben,
 Müßt ich vereinzelt stehn,
Und könnt' allein mein Streben
 Auf meinen Vortheil gehn!
All' meine reichen Gaben,
 Sie dienten mir allein,
Nur mir das Herz zu laben?
 Fürwahr! das kann nicht sein!

In einem Menschenherzen
 Ist Raum für beff're Luft.
Der Andern Freud und Schmerzen,
 Sie rühren meine Brust.
Der Menschheit ächte Blüthe,
 Die Liebe ist's allein;
Drum drängt mich mein Gemüthe,
 Auch Andre zu erfreun.

Du Kreis der lieben Meinen,
  Wie wohl ist mir in dir!
Will mir die Freude scheinen,
  Ich theile sie mit dir;
Und bringt das Leben Plagen,
  Wir tragen sie vereint,
Bis uns in bessern Tagen
  Die Sonne wieder scheint.

Doch nicht des Hauses Enge
  Genügt der Liebe Drang;
Sie bahnt zu größrer Menge
  Sich ihren Segensgang.
Wo Menschen jauchzen, weinen,
  Erkennt die Ihren sie;
Das, spricht sie, sind die Meinen,
  Und nie verläugn' ich sie!

So lieb' ich euch, ihr Brüder
  Und Schwestern, allesammt,
Als meines Hauses Glieder,
  Von gleichem Blut entstammt;

Und euer Wohl zu heben,
Zu mindern eure Pein,
Das soll mir rechtes Leben,
Genuß und Freude sein.

Liebe.

Auf weiter Erde webet
Das menschliche Geschlecht;
Tief in dem Herzen lebet
Der Drang nach Licht und Recht;
Und daraus soll gedeih'n
Im menschlichen Gemüthe
Die allerschönste Blüthe:
Das soll die Liebe sein.

Der Menschengeist ergründet
Die Dinge wunderbar;
Das Menschenwort verkündet
Die Wahrheit hell und klar.
Das ist ein guter Hall;
Doch wenn ihm ferne bliebe
Die treue That der Liebe,
So wär's ein leerer Schall.

Die Zeit schafft große Werke,
Scheucht alter Uebel Schwarm,
Und voller Muth und Stärke
Kämpft mancher tapfre Arm.
Doch echter Sieg gelingt
Erst, wenn auf solchen Bahnen
Der heil'gen Liebe Fahnen
Der treue Kämpfer schwingt.

Das Recht mit ernstem Klange,
Der Ehre Hochgefühl,
Sie setzen wüstem Drange
Der Leidenschaft ein Ziel.
Allein die kalte Pflicht,
Bei der die milde Liebe
Dem Herzen ferne bliebe,
Die ist das Rechte nicht.

Schau an den Kreis der Deinen
Und leg sie an dein Herz.
Sieh wo die Menschen weinen
Und lindre ihren Schmerz,

Gieb dich der Menschheit hin;
Durchbrich die starren Schranken
Selbstsüchtiger Gedanken;
Das ist der rechte Sinn.

Das tiefste Seelenleben,
Das innerste Gefühl,
Es lenkt der Menschheit Streben
Hin auf dies schönste Ziel.
Wenn in des Herzens Schrein
Die Liebe herrschend waltet,
Wenn sie als König schaltet,
Dann wirst du selig sein.

Liebe.

Wie nach milden Himmelstropfen
Dürstet die vergilbte Au',
Fühl' ich meine Pulse klopfen
Nach dem schönern Himmelsthau.
Was ist Gold und was ist Ehr'?
Mein Gemüth verlanget mehr!
Liebe muß die Seele tränken,
Liebe kann Erquickung schenken.

Aug' in Auge freundlich blickend
Thut im tiefsten Herzen wohl.
Hand die Hand in Treue drückend
Macht das Leben trostesvoll.
Und das Wort voll Liebesklang
Ist wie lieblicher Gesang,
Und ein treues Herz am Herzen
Lindert alle scharfen Schmerzen.

Wohl, ich kann noch Kräfte regen,
Und mags nicht für mich allein.
Menschen, euer Wohl und Segen
Soll mir eigne Freude sein.
Offen stehen soll mein Herz
Eurer Lust und eurem Schmerz,
Und so mag mir's wohl gelingen,
Eure Liebe zu erringen.

Armes Leben, ödes Leben,
Wo die treue Liebe fehlt!
Eitles, kümmerliches Streben,
Wo man sich in Selbstsucht quält!
Nein! ich kenn' ein besser Theil!
Lieb' ist Leben, Lieb' ist Heil,
Schafft den Himmel rings hienieden,
Und der Seele tiefen Frieden.

Erbauung.

Ich will den Geist erheben
  Zu dem, was ewig steht.
Nicht dem weih' ich mein Leben,
  Was morgen schon vergeht.

Die Seele suchet Klarheit,
  Verschmäht den Dämmerschein.
O kehre, heil'ge Wahrheit,
  In meine Seele ein!

Das Herz in seinem Schwanken
  Begehret festen Halt.
Kommt, ewige Gedanken,
  Gewinnt bei mir Gestalt!

Und in der Welt Getriebe
Brauch' ich fürs Rechte Muth.
So komm, du heil'ge Liebe,
Und nimm mein Herz in Hut!

So streben wir verbunden
Dem schönen Ziele zu,
Und was der Geist gefunden,
Das giebt dem Herzen Ruh'.

Gemeinsame Erbauung.

Ich suche Licht für meinen Geist,
Und Nahrung, die das Herz mir speist,
Und Kraft, die mich zum Rechten stärkt,
Und Warnung, die den Irrweg merkt.

Nicht leben mag ich bloß fürs Brod,
Nicht sorgen bloß um äuß're Noth;
Zu hoch bin ich als Mensch gestellt,
Zu dienen bloß der Sinnenwelt.

Drum, Freunde, bin ich euch vereint,
Die ihr mit mir Dasselbe meint,
Die ihr gleich mir das Haupt erhebt
Und nach dem rechten Leben strebt.

Komm, Wahrheit, gieb uns hellen Schein!
Komm, Kraft, und nimm die Herzen ein!
Komm, Liebe, all' uns zu umfahn,
Daß wir dem schönen Ziele nahn!

Lebensgang.

Der Knabe wird zum Jüngling,
Der Jüngling wird zum Mann.
Was heißt das? — daß er strebe
Zum rechten Ziel hinan,
Daß er durch klares Denken,
Durch Rede wohlbedacht,
Und durch die That, die rechte,
Sich Raum im Leben macht.
Da blüht ihm manche Freude,
Manch Wackrer reicht die Hand,
Und manche schlimme Stunde
Wird glücklich abgewandt;
Und heitern Sinns genießt er,
Was ihm das Leben gab,
Bis endlich aus den Händen
Ihm sinkt der Wanderstab.

Auf der Reise.

Da ragen die blauen Berge,
Da schattet der dunkle Wald,
Dazwischen ziehn sich die Felder
In wechselnd bunter Gestalt;
Dort winken Dörfer und Städte,
Hier dräut die zerfallende Burg,
Und rasch trägt Dampf und Eisen
Den schauenden Wandrer hindurch.

O alte Erdenheimath,
Wie weckst du meinen Sinn,
Daß ich dich liebend betrachte,
Daß ich dein Eigen bin,
Dein Eigen mit kindlicher Seele,
Die sich in Unschuld freut,
Dein Eigen mit ernstem Streben,
Das sich dem Guten weiht!

Dein Licht — und helle Gedanken,
Dein Grün — und rechten Rath,
Dein Blühen — und treue Liebe,
Deine Frucht — und edle That —
Das ist's, was deinen Menschen
Das flücht'ge Leben weiht;
Das ist's, was ihre Herzen
Erfüllt mit Seligkeit.

O Menschen, meine Brüder,
Auf gleicher Heimath mit mir,
Wie fühlt ihr doch so wenig
Euch heimisch und wohlig hier!
Ihr giert und neidet und streitet,
Ihr schwelgt in thierischer Lust,
Und was ihr sucht, das Wohlsein,
Wohnt nicht in eurer Brust!

Wollt ihr euch nicht besinnen?
Ich hülfe gern dazu.
Wollt ihr euch nicht ermannen?
Laut ruft's die Zeit euch zu.

Hebt auf das Haupt voll Seele,
Spannt an die innre Kraft,
Und brechen werden die Ketten
Der langen schmählichen Haft.

Daheim!

Hurtig, mein Dampfroß, führe
Mich wieder der Heimath zu,
An Städten und Dörfern vorüber
Zur trauten Alltagsruh.
Genug des bunten Verkehres
Mit Menschen von allerlei Art;
Ich sehne mich wieder zur Stelle,
Die mir mein Liebstes verwahrt.

Da tritt mir die Hausfrau entgegen,
Und reicht mir die treue Hand;
Da kommen die Kinder gesprungen,
Dem innersten Herzen verwandt;
Wir haben dich, rufen sie, wieder!
Kehrst wohlbehalten zurück!
Und nun — was wird er uns bringen?
So fragt ihr erwartender Blick.

Nun sitzen wir wieder beisammen;
Zu sagen, zu fragen ist viel,
Was der Vater erlebt in der Ferne,
Und wie es ihm dort gefiel,
Und was man daheim getrieben —
O glücklicher kleiner Kreis,
Wo Alle zusammen gehören,
Wo Jedes geliebt sich weiß!

Und nun mit erneuter Frische
Die Alltagsarbeit geschafft!
Die Reiselust ist gebüßet,
Gestärkt die alte Kraft,
Und Arbeit ist Leben und Freude,
Zumal von der Liebe geweiht,
Und rasch verfliegen die Stunden,
Und lang wird nimmer die Zeit.

O weite Welt, wie viel Schönes
Giebst du dem Wandrer zu schau'n:
Die Städte und Dörfer und Flüsse,
Die Berge und Wälder und Au'n!

Doch dir, du liebe Stätte,
Wo ich daheim mich weiß,
Wo stilles Glück mir blühet,
Dir geb' ich den höchsten Preis.

(Herbstreise 1868.)

Glaubenseifer.

Zum Himmel hebt ihr den Blick empor? —
Ja, schaut nur ernstlich hinauf!
Nicht geht an ihm die Sonne hervor,
Daß sie wende den strahlenden Lauf
Dem Christen zu, dem Juden allein!
Sie sendet den freundlichen Strahl,
Daß Alle sich letzen an ihrem Schein,
Sich Alle sonnen zumal.

Und rings auf der Erde schauet umher,
Wie sie sprosset und grünet und blüht,
Wie sie nährt ein zahllos lebendiges Heer,
Und Keinem den Segen entzieht.
Nicht schöner die Blume dem Gläubigen lacht,
Als dem Denker, vom Priester verdammt.
Für Jeden pranget des Sommers Pracht,
In dem das Leben noch flammt.

Ihr thörichten Kinder, besinnet euch!
Was zieht ihr Graben und Wand?
Begehret, daß Alle euch denken gleich,
Und ruft: sonst sei'n sie gebannt?
Von bösem Wahne seid ihr bethört,
Wollt weiser sein, als die Natur;
Zertrennet, was zusammengehört,
Und zankt auf der friedlichen Flur!

Schaut Aug' in Auge, schlagt Hand in Hand,
Und spürt im tiefsten Gefühl,
Daß Alle eng mit einander verwandt,
Daß Allen ein gleiches Ziel:
„Sich freuen, so lange das Leben noch mai't,
Und schaffen, was Schaffens werth,
Einander erleichtern des Lebens Leid,
Dann ruhen in kühler Erd'."

O schöne Zeit, o selige Zeit,
Wo kein Priester mehr hetzt und trennt,
Kein Fürst mehr die Waffen zum Morde beut,
Der Bruder den Bruder erkennt!

Ihr Völker, endlich zum Denken erwacht,
Setzt Geist und Kräfte daran,
Daß endlich nahe des Reiches Pracht,
Wo Jeder sich freuen kann!

(Auf der Eisenbahn zwischen Nürnberg und
Regensburg.)

Ungelesen verbrennen!

(So hatte der Seelenhirte die Herde gebeten, als freisinnige Schriften in sie eingedrungen waren.)

„Was seh ich? — Arme, schwerbedrohte Seele,
Mit Gift machst du dir arglos da zu thun?
Gespieen aus des Abgrunds tiefster Höhle
Seh' ich dein Aug' auf bösem Blatte ruhn!
Hinweg damit! dem Kind, das gift'ge Beere
Zur Lippe führt, wer schlöß ihm nicht den
    Mund?
Lies nicht! im Namen deines Heils beschwöre
Ich dich! Ins Feuer mit dem Schund!" —

Dank, güt'ger Herr! Jedoch Ihr wollt ver-
    gönnen,
Daß selbst ich wähle mir mein passend Theil.
Ich bin kein Kind, ich selber muß erkennen,
Was mir zum Schaden dienet oder Heil.

Ich war ein Kind; wenn Mutterliebe wehrte,
So war's nicht stets die Weisheit, die da sprach,
War wohl die bange Furcht, die sie bethörte,
Und mir ein harmlos Kindesspiel zerbrach. —

„O thöricht Herz! du wagst es, zu vergleichen,
Was eine schwache Menschenmutter that,
Mit dem, was längst schon aus des Himmels
    Reichen
Beschieden uns des Höchsten treuer Rath?
Die Kirche ist's, die Mutter ächter Liebe,
Die uns versorgt mit Kost, von Gott gesandt.
Wo sie verwirft, wer ist's, dem da noch bliebe
Die Wahl, zu lesen, was ihr Spruch gebannt?"

Gemach, mein Herr! mir wiegt kein fromm
    Gebahren,
Die That nur kenn' ich als ein Vollgewicht.
Die Mutter kenn' ich, die seit tausend Jahren
Viel Dornen in des Lebens Kränze flicht.
Ihr Aermster selbst, Ihr müßt's an Euch
    verkünden,
Wie herzlos grausam sie ihr Walten übt:

Ihr dürft nicht voller Mensch sein, nicht
    empfinden,
Was Gattenlust und Vaterfreuden giebt! —

Das traf des Priesters Herz; in frommem
    Grimme
Wirft er den Fluch dem freien Denker zu.
Sein Auge glüht, es zittert ihm die Stimme;
Der Andre wendet sich mit kühler Ruh
Und spricht: wer sich mit Schimpfen hilft,
    bekundet,
Daß ihm gebricht vernünft'ger Gründe Wucht. —
O Preis der neuen Zeit, wo nicht mehr zündet
Der Strahl, mit dem die heil'ge Kirche flucht!

(Auf der Eisenbahn zwischen Salzburg und Linz,
    den 18. Juli 1868.)

An süddeutsche Frauen.

Also Euch, die da „flechten und weben,"
Nach des Dichters lieblichem Sang,
„Himmlische Rosen ins irdische Leben,"
Euch bezaubert ein anderer Klang,
Der da warnt vor freien Gedanken,
Der da abzieht vom Sinn der Natur,
Der da setzet feindliche Schranken
Zwischen die Kinder der gleichen Flur?!

Wallet zum Priester mit hastigem Gange,
Lauschet seiner eifernden Red',
Schlaget die Brust bei des Glöckleins Klange,
Thut Euch nimmer genug im Gebet,
Kniet am Beichtstuhl zerknirschter Geberde,
Oeffnet des Herzens geheimsten Schrein,
Beuget in Demuth das Haupt zur Erde,
Möchtet Euch ganz dem Himmel weih'n.

Aber des Mannes freies Streben
Und der Söhne reifender Geist —
Ach, Ihr könnet darob nur erbeben,
Weil es Euch sündlicher Frevel heißt!
Und der Braut einst vertrauende Liebe,
Ach, sie erkaltet mehr und mehr!
Und der Söhne natürlichem Triebe,
Ach, wie macht's ihm die Mutter so schwer!

O besinnt Euch, Ihr Frauengemüther,
Eh' Ihr den Rath des Priesters verehrt,
Dem das Höchste der irdischen Güter,
Liebe der Seinen, ist verwehrt!
Schaut den Armen. Mit innerem Grimme
Sieht er der Gattenliebe Lust.
Nein! des rechten Rathes Stimme
Kommt nicht aus solch verödeter Brust!

Herz und Blick zum Ew'gen erhoben,
Finden wohl Andres Vertrauens werth,
Finden das Göttliche eingewoben
Ueberall in Himmel und Erd',

Finden das Heil'ge in Menschenherzen,
In deren Liebe und deren Lust;
Finden es schon in des Kindleins Scherzen
An der glücklichen Mutter Brust.

Auf, Ihr Frauen, kläret die Blicke!
Reißet unwürdige Bande entzwei!
Merket, daß zu der Völker Glücke
Eure Hülfe nothwendig sei!
Ihr sollt das junge Geschlecht erziehen,
Daß es klar werde, fest und frank!
Ihr sollt dem Mann für des Kampfes Mühen
Lohnen mit schönstem, süßestem Dank!

(Auf der Eisenbahn zwischen Wien und Salzburg.)

Biegen oder Brechen.

„Wie? ich sollte zaghaft sein?
Sollte drein mich fügen,
Wenn des dummen Volkes Schrei'n
Drängte mich zum Biegen?
Nimmer geb' ich auf mein Recht
Auf Begehr der Frechen!
Trotz dem heutigen Geschlecht!
Sollt' ich drob zerbrechen!" —

Recht so, Priester! gieb nicht nach
Böser Ketzer Drängen,
Die so gerne, Tag um Tag,
Altes Heil verschlängen!

Waffne dich mit altem Bann,
Schleudre deine Blitze,
Halt den dreigekrönten Mann
Auf dem alten Sitze!

Recht so, Ritter, stehe treu
Zu ererbtem Rechte,
Daß getheilt die Menschheit sei
Stets in Herrn und Knechte!
Deine Ahnen wußten gut,
Schlechtes Volk zu packen,
Traten ihm mit festem Muth
Fluchend auf den Nacken.

Recht so Fürsten! weichet nicht
Von der alten Würde!
Nehmet sie als heil'ge Pflicht,
Gottverliehne Bürde!
Habt Ihr nicht zu deren Hut
Schwerter und Kanonen?
Laßt sie von der Freiheitsbrut
Keinen Mann verschonen!

Faulen Frieden schlössen gern
Alle weichen Seelen —
Dank Euch, hohe würd'ge Herrn,
Daß sie das verfehlen!
Heute gilt's den letzten Sieg.
Alles Volk soll sprechen:
Wollt Ihr Krieg? so habt den Krieg!
Biegen oder Brechen!

(Auf b. Semmeringbahn zwischen Wien u. Bruck,
17. Juli 1868.)

Lebewohl an H. Sachse.

Rüstig stand der kühne Zeuge, dem die
  Hörer willig lauschten,
Mächtig floß der Strom der Rede, daß der
  Worte Wellen rauschten.
„Werdet Menschen! ganze Menschen!" rief
  er Allen feurig hin,
Selber er ein Mensch, ein ganzer, in des
  Wortes bestem Sinn.
Doch sein Wort, es ist verklungen, seine Kraft,
  sie muß sich beugen,
Muß dem Joch des Alltagswerkes still den
  starken Nacken neigen;
Und nun zieht er gar von dannen, wo der
  „Eine" Wellen gehn,
Wo in ihrem grünen Thale sich der Mühle
  Räder drehn.

Fahre wohl, du treuer Zeuge, den wir nimmer
    je vergessen,
Den wir treu im Herzen tragen, sei dein
    Weg auch weit bemessen,
Der gestreut hat edlen Samen, welcher nicht
    im Boden stirbt,
Der zu rechter Zeit und Stunde seine Aehren
    doch erwirbt.
Dort und hier — wir sind verbunden; Geistiges
    kann Niemand trennen.
Dort und hier — wir halten feste, was als
    Wahrheit wir erkennen.
Hier und dort — die Treue bleibet, wie auch
    wechseln Freud und Leid,
Und die Wahrheit und die Freiheit über=
    winden alle Zeit.

(Frühjahr 1858.)

(Sachse, einer der beiden Sprecher der freien Ge=
meinde in Magdeburg, kaufte sich, als die Gemeinde
durch preußischen Richterspruch geschlossen war und
4 Jahre geschlossen blieb, im Einethale bei Aschers=
leben eine Wassermühle.)

Weihnachtsgesang für Kinder.

(Versmaß nach der Melodie Ave Maria).

Das Kindlein harret,
die Thüre knarret —
welch' ein Entzücken!
Die jungen Herzen
sind selig ganz;
die Weihnachtskerzen.
sie strahlen Glanz —
o welche Freude!

O wende du
dich Allen zu,
heilige Liebe!
Wollst Alle füllen
mit reiner Lust!
Wollst Allen stillen
die kranke Brust,
heilige Liebe!

Auf den gemeinschaftlichen Grabstein
einer Schwiegermutter und Schwiegertochter.

Ihr unvergeßlich treuen Mutterherzen,
Ruht beide in der Erde Mutterschooß.
Vorbei des Daseins Lust, der Erde Schmerzen;
Der Geist, vom Band des Einzellebens los,
Er lebt und wirkt im Geist der Menschheit fort,
In jeder guten That, in jedem wahren Wort.

Denksprüche für junge Herzen.

(Können auch von alten beherzigt werden).

Einem Knaben.

Nach welchem Ziele willst du streben?
Nach edlem Leben.
Mit wem willst du durch's Leben schreiten?
Mit braven Leuten.
Wie willst du tragen deine Schmerzen?
Mit reinem Herzen.
Was ist als Bestes dir beschieden?
Der Seele Frieden.

Einem Knaben.

Was willst du werden in der Welt?
Ein reicher Mann? Ein hoher Mann? —
Dem hat schon Mancher nachgestellt,
Und kam zuletzt im Spittel an.

Was willst du werden in der Welt?
Ein kluger, ein geschickter Mann? —
Doch ist das Herz nicht wohlbestellt,
So ists auch damit nicht gethan.

Ein klarer Geist, ein reines Herz,
Mit Einem Wort: ein braver Mann,
Das überwindet jeden Schmerz,
Das ists, was Jeder werden kann.

Dem jungen Seemann.

Treibt dein Herz dich in die Ferne,
Weithin zum entlegnen Strand?
Recht so, dort auch leuchten Sterne,
Scheint die Sonne, grünt das Land.

Dort auch kannst du wacker schaffen,
Dort auch dich des Lebens freu'n,
Dort auch mit des Geistes Waffen
Helfen, deine Zeit befrei'n.

Aber wo auf Land und Meere
Du auch ziehest deinen Pfad,
Eins vergiß nicht: nie beschwere
Dich die kleinste schlechte That!

Reines Herz in allen Zonen,
Klarer Geist an jedem Ort,
Brave That, wo Menschen wohnen,
Das allein hilft sicher fort.

Dem Sohn einer Wittwe.

Junges Herz, o freue dich!
Wirf die Grillen hinter dich!
Noch ist frisches Leben dein;
Solltest du nicht heiter sein?

Aber das ist schlechte Lust,
Deren du dich schämen mußt,
Die die Besten von dir lenkt,
Drob sich deine Mutter kränkt.

Halte Herz und Leben rein,
Dann nur wirst du glücklich sein.
Das ist Freude rechter Art;
Die mit Unschuld ist gepaart.

Einem Knaben.

Klarer Verstand — o edles Licht!
Beredter Mund — o heller Klang!
Und doch ist Beides das Beste nicht,
Das den Menschen ziert auf dem Erdengang.

Ein reines Herz, das ist viel mehr,
Und edle That, die macht's erst voll,
Verbreitet Segen rings umher,
Und wirkt, daß dir ist innig wohl.

Drum denke, daß du das Wahre erkennst,
Und rede, daß du den Wahn zerstreust,
Und sorge, daß Du für's Gute brennst,
Und schaffe, daß du die Welt befreist!

Einem Knaben.

Was wünscht das muntre Knabenherz?
Ein Leben voll Lust und frei von Schmerz,
Ein Leben, das über Schätze verfügt,
Ein Leben, das dem Ehrgeiz genügt. —

Wirst du's erreichen als Jüngling, als Mann,
Was unter Tausend kaum Einer gewann?
O suche dir lieber ein sichrer Ziel,
Wenn's auch nicht eben der Menge gefiel!

Ein Mann voll Verstand, ein Mann voll
           Muth,
Ein guter Name als sichres Gut,
Ein gut Gewissen in freier Brust —
Das ist des Lebens süßeste Lust.

Einem Knaben.

Wenn einst in späten Jahren
Du diese Zeilen liest,
Dann hast du schon erfahren,
Wie ernst das Leben ist.

Mag dann aus reinem Herzen
Dein Auge rückwärts schau'n;
Magst du dann ohne Schmerzen
Ein stilles Glück erbau'n!

Was Dir auch widerfahre —
Halt an dem Einem fest:
Das Rechte, Gute, Wahre
Dich niemals sinken läßt.

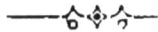

Einem Knaben.

Denke! daß macht dich zum Menschen. Das Beste von deinen Gedanken
Werde in warmer Brust bleibendes, tiefes Gefühl.
Schau dann ins Leben hinaus, und bau aus Gefühl und Gedanken
Durch die wackre That dir das Himmelreich auf.

Einem Knaben.

O schöne Kinderzeit, wo du zur Schule gingst,
Und Tag für Tag so viel' und gute Lehr'
empfingst;
Du hörtest achtsam zu, nahmst emsig Alles hin,
Und Deine Antwort traf gar oft den rechten
Sinn.

Wohlan, du liebes Herz, jetzt gilt es zu
bewähren,
Daß nicht vergebens du gesammelt gute Lehren!
Vernünftig nun und treu tritt in das Leben ein,
Halt an die Wahrheit dich, verschmäh' den
bloßen Schein.

Aus festem Willen sei vorwärts dein Blick
 gerichtet,
Mit fleiß'gen Händen sei die Arbeit stets
 verrichtet!
Dazu ein reines Herz, freundlich in Wort
 und Blick,
Und ehrlich all dein Thun, das schafft Dir
 wahres Glück.

Einem Knaben.

Sieh am Baum die Blüthen dort,
wie sie lieblich prangen;
aber dann erst sind sie gut,
wenn sie Frucht erlangen.

Eine Blüthe bist auch du
an der Eltern Herzen;
würde taub die Blüthe sein,
würd' es tief sie schmerzen.

Halt dich rein und werde brav
zu der Deinen Freude,
werd' als Jüngling rechter Art
ihrer Augen Weide!

Einem Mädchen.

Zwischen Blumen spielt das Kind;
seine Jahre flieh'n geschwind. —
Liebe Tochter, lerne tüchtig;
's ist fürs ganze Leben wichtig.

Reifst zur Jungfrau dann heran,
wandelst fröhlich deine Bahn;
ja, magst dich der Jugend freuen,
doch dein Herz der Unschuld weihen!

Frauenjahre kommen nun;
viel im Hause giebts zu thun.
Magst mit Fleiß und Ordnung schalten,
doch laß auch die Liebe walten!

Alter kommt, es weicht die Kraft,
die so lange treu geschafft.
Möge dann in deiner Seelen
nicht der heitre Friede fehlen!

Einem Mädchen.

Trittst nun in die Welt hinein,
möchtest nun recht fröhlich sein.
Wohl, des Lebens freue dich,
thu es nur vernünftiglich!

Wer von Leichtsinn ist bethört,
wer auf schlechte Menschen hört,
Schlimmes hegt in seiner Brust,
der verdirbt sich seine Lust.

Merk' auf des Gewissens Wort!
Scheuche den Verführer fort!
Halte Herz und Hände rein!
O dann kannst du fröhlich sein!

Einem Mädchen.

Dein Auge blickt in die Zukunft hinein,
Du fragst: wie wird mir's ergehen?
O kehre du bei dir selber ein
Und frage: was soll da geschehen?
Klar werde der Geist, das Herz werde rein,
So wirst du mit Ehren bestehen,
Und was dir auch bringe ein wechselnd Geschick,
Du wendest dir Alles zum innern Glück.

Einem Mädchen.

Willst du heiter in das Leben schauen? —
Vor Gemeinem, Schlechten laß dir grauen!
Lerne Gutes in dir, um dich bauen!
Lerne auch der eignen Kraft vertrauen!
Schreite fest durch Wüsten und durch Auen!
Friede wird dir in die Seele thauen.

Einem Mädchen.

Segen — wo willst du ihn finden? —
Siehe, die Welt ist voll von ihm!
Auf allen Höhen, in allen Gründen
Siehst du reichlichen Segen blühn.

Aber — willst du ihn haben,
So mußt du wacker das Deine thun.
Keinen wird dauernd Segen laben,
Der lässet die Hände im Schooße ruhn.

Einem Mädchen.

Die arme Rose, sie kann's nicht wehren,
wenn Ungeziefer sich auf sie setzt,
wenn Sturm und Regen sie zerstören,
ein roher Bube sie zerfetzt.
Sie blühte noch gestern so wunderschön,
und heute schon muß sie elend vergehn!

O Menschenblüthe, du kannst es wehren,
wenn Schlechtheit dich verderben will.
Dich darf kein arger Feind zerstören,
hältst du nicht dem Verderben still.
Du hast Vernunft, hast Willenskraft;
gebrauche sie gewissenhaft!

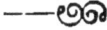

Einem Mädchen.

Sanft, wie der Bach durch Blumen rinnt,
wird nicht dein Leben fließen,
vielmehr wirst du, mein liebes Kind,
wohl manchmal kämpfen müssen.

Doch kämpfe du nur unverzagt
und laß dich nicht ermüden!
Wer nie um Sieg zu ringen wagt,
erlangt auch keinen Frieden.

Nur klar der Geist und rein das Herz
und redlich all dein Handeln!
Dann wirst du auch den scharfen Schmerz
in helle Freude wandeln.

Einem Mädchen.

Wahre treu, du liebe Seele,
Unsrer Stunden Unterricht,
Halte was am Tag der Palmen
Feierlich dein Mund verspricht.

Klaren Geistes, reinen Herzens,
Festen Willens lebt sich's gut;
Das schafft auch in schweren Zeiten
Helles Auge, frischen Muth.

Wenn du einst in spätern Tagen
Auf dies Blatt hernieder siehst,
Mag dir dein Gewissen sagen,
Ob du treu geblieben bist.

Druck von Leopold & Bär in Leipzig.